불청객

이 책은 전라북도문화관광재단 문학창작지원금을 받아 출간하였습니다.

불청객

김형미 그림 소설

푸른사상
PRUNSASANG

　우리는 너무 많이 떠도는 삶을 살고 있지는 않나. 내 안에서, 혹은 네 안에서. 그리고 삶과 삶 밖에서. 그렇다면 무엇이 우리를 그토록 떠돌게 하는 것인가. 욕심인가, 욕망인가. 진정한 나에게로 돌아가는 길은 어디인가. 무한히 평안하고, 무한히 살가운 그곳으로 돌아갈 수 있는 길을 찾아가는 글을 쓰고 싶었다. 허황하지도, 허하지도 않으면서 한없이 반가운 삶 속으로 말이다. 그리고 혼몽한 세월을 안개처럼 떠도는 수많은 혼들이 집으로 돌아갈 수 있는 노래를 부르고 싶었다. 내 안을, 집 밖을 나가기 위해 준비하는 이들을 위한 노래. 나의 이야기이기도 하고, 너의 이야기이기도, 우리의 이야기이기도 한 마음의 소리를. 『불청객』은 그런 삶을 살고자 하는 모든 이들을 위해 쓰여졌다.

2019년을 보내며

김형미

차례

오랜 시간을 나는 ● 속에 있었다. ●은 진정한 나에게로 가는 길이자, 언제고 몸이 기억하는 곳으로 다시 찾아들 수 있는 노래이다. 신과 하나가 되기 위한 과정이며, 처음이며 끝이다. 삶이고 죽음이다. 이 생에서 단 한 번이라도 깊이 들어가 보고 싶었던 어둠이며 밝음이다. 참 나를 만날 수 있었던, 시간과 공간이 존재하지 않는 ●. 즉 근본 자체이다.

1

불청객

어느 비 오고 바람이 많이 불던 날이었던가. 집에 들어와 보니 그가 있었다.

문을 열어준 적도 없고, 내게 와달라고 부탁한 적도 없었다.

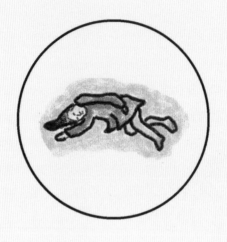

　　나는 너무 많이 떠돌았다. 오래전 내 안을, 집 밖을 나
가 거대한 소용돌이에 휘말린 듯 멈추질 못해 서러웠다.
밖에는 뭔가 더 나은 삶이, 무지개를 타고 넘어갈 황금빛
찬란한 날개가 있는 줄 알았다.

불청객

    그래서 멈추지 않았고, 끊임없이 움직였으나, 그 어떤 것도 내 삶이 되어주질 못해 아팠다. 평창과 영동, 서산, 통영, 경주, 그리고 전주에 이르기까지 몸을 두는 모든 삶들이 허허로웠다. 그 어떤 곳에서도 나를 발견하지 못했기에, 나 없이 이어지는 공한 날들이 이어졌다.

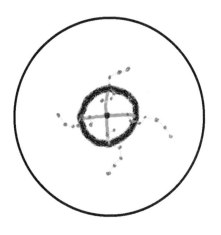

결국 나는 다시 나에게로 돌아가기로 결심했다. 오래전 내 안에 두고 나온 별과 눈을 마주치며 대화를 나누던 식물과 꿈과 미래.

불청객

　그리고 그것들과 함께 있었던 내가 못 견디게 그리웠기 때문이다. 그때 두고 나온 나는 그 자리에 없겠지만, 적어도 밤하늘을 보며 불렀던 나의 노랫소리가 그대로 남아 있을 터였다.

　나에게로 돌아가려고 마음먹은 순간, 그를 만난 것은 참으로 뜻밖의 일이었다. 어느 비 오고 바람이 많이 불던 날이었던가. 집에 들어와 보니 그가 있었다. 문을 열어준 적도 없고, 내게 와달라고 부탁한 적도 없었다.

불청객

그런데도 그는 아무도 없는 빈집에 들어와 빈집처럼 앉아 있었다. 나보다 먼저 들어와 나보다 먼저 나를 보고 있었다.

불청객

처음엔 그저 ●인 줄 알았다. 낡은 외투를 말아 안은 채 둥글게 웅크리고 있는 모습이 딱 그랬다. 밥을 먹을 때나 책을 읽을 때, 계절이 오고 감을 볼 때나 한 삶이 움직일 때 앉아 있곤 하는 내 의자에서 그는 꼼짝도 하지 않고 있었다.

불청객

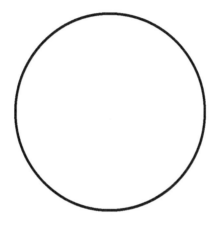

하여 얼핏 O으로도 보였다. 과거와 현재, 미래가 뭉뚱 그려져 있는 시간이기도 하며, 안이면서 밖인 존재로, 있는 것 같으나 없는 존재로 그는 있었다.

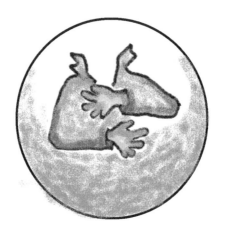

　그런 그를 보고 놀라지 않을 사람은 없을 것이다. 누구냐고, 어떻게 들어왔느냐고 물어도 대답이 없다. 그는 이 세상에 존재하는 그 어떤 물음에도 입을 열지 않을 태세였다.

불청객

　다만 나와 반대쪽에 서서 나인 것처럼, 나와 하나인 것
처럼 행동했다. 참으로 가소롭게도 내 속에 네가 있고, 네
속에 내가 있다는 듯이.

그러나 그는 내게 '있는 그대로의 상대'가 될 수 없었다. 대립구조를 만드는 관계로도 생각하고 싶지 않았다. 그저 이 불청객을 몰아내는 것이 급선무라는 판단이 들었다. 신고를 하려고 핸드폰을 꺼내들자, 갑자기 그가 내게로 다가들었다. 다가와 말하지 않고 말을 하고 있었다!

불청객

  어떤 거대한 힘을 가지고 있어 나를 꼼짝도 할 수 없게
만드는 ●. 꿈인가, 생시인가. 이 세상에 없는 시간인가.
그러나 신기하게도 아주 자상하고 친근한 느낌이 들어 전
혀 거부감이 느껴지지 않는 저 존재는, 대체 무엇이란 말
인가.

2

혼돈

김의 내면에서 시기도, 대명도 순화되가 않은 당당이 제4의인다.
그리고 죽음기시도.

하는 수 없이 나는 그를 지켜보아야 했다. 아니, ●을 보기 시작했다고 해야 맞을 것이다. 나는 그를 '존재', '카오스', 혹은 또 다른 말로 '혼돈'이라고 불렀다. 부르고 말하는 쪽은 나였지, 그는 여전히 ●인 채로 있었다. 그것이 나를 더 불편하게 만들었다. 시간이 갈수록 화가 나고 짜증스러웠다.

"제발 가, 가란 말이야! 내 집에서 썩 꺼져버려!"

　나는 그의 모든 존재를 거부하고 싶었다. 할 수만 있다면 그의 전 존재를 깨부수고 싶었다. 그리고 간절히 그로부터, 혹은 ●으로부터, 이 막막한 혼란스러움으로부터 벗어나고 싶었다.

불청객

　그러나 그는 요지부동이었다. 여전히 밥을 먹을 때나 책을 읽을 때, 계절이 오고 감을 볼 때나 한 삶이 움직일 때 앉아 있곤 하는 내 의자에 깊숙이 틀어박혀 나를 보고 있었다. 마치 옛날부터 그래왔던 것처럼.

그렇게 봄이 가고 무더운 여름이 찾아왔다. 그때까지도 말없이 내 집에 무단침입해 들어온 그는 나갈 생각이 없는 듯 보였다. 내가 할 수 있는 모든 방법을 다 동원해 보았지만 허사였다.

　어쩔 수 없이 나는 기다려야 했다. 그리고 그가 있든 말
든 신경 쓰지 않기로 했다. 가란다고 갈 게 아니면 스스로
떠나도록 하는 것이 가장 현명한 방법이 될 것이라고 판
단했기 때문이다.

　계절이 오는 데에도 때가 있듯 분명 저 불청객이 가는 데에도 때가 있을 거야. 하지만 생각보다 기다림의 세월은 길고, 고통스러웠다.

　　결국 나는 ●으로 머물러 있는 그의 이상한 세계에 적
응해나가는 수밖에 달리 도리가 없다고 생각했다. 하여
나로부터 자유로워지기 위해 ● 속에 스스로 나를 두기로
했다.

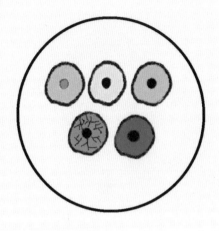

　　정적이 흘렀다. 나의 일상과 삶이 그대로 멈추어버린 듯했다. 나를 두고 움직이는 모든 것들과 움직이지 않는 모든 것들이 없는 듯이 느껴졌다. 정적 속에서 시간도, 세월도 존재하지 않는 날들이 계속되었다. 그리고 죽음까지도.

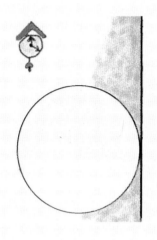

　얼마가 지났을까. 한 천 년쯤의 세월이 흘렀는지도 모른다. 어쩌면 그사이 정말로 내가 죽은 건지도. 그 와중에도 나는 배가 고파지기 시작했다. 하지만 좀 더 굶어보기로 했다. 약간 굴풋한 이 느낌이 그다지 나쁘지만은 않았기 때문이다. 가을날의 헤성거리는 햇살 같은 느낌이랄까. 한 번쯤은 이대로 속을 다 비워 봐도 좋으리라고 생각했다.

지금껏 나는 매 순간 너무나 많은 번뇌와 싸우며 살아 왔다. 그러느라 늘 배가 고팠고, 그러느라 외로웠으며, 또한 고독했고, 힘에 겨웠다. 이제는 오랫동안 떠돌면서 차곡차곡 내 안에 쌓아온 오만이나 미움, 원망, 사랑하고 갈망했던 것들을 '내려놓고' 싶었다.

불청객

또 얼마가 지났으려나. 그렇게 텅 빔은 나를 낳고, 나는
텅 빔을 향해 나아가고 있었다.

3

소리

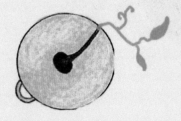

이때부터 나는 '소리'를 듣기 시작했다. 늘 들어왔던 소리들이었지만,

또 한 번도 들어보지 못한 소리이기도 했다.

가을이 오고 있었다. 매미 울음이 그치고 귀뚜라미가
울기 시작했다. 풀잎 끝이 사나워지고, 산은 이슬 대신 안
개를 머금었다. 나는 그때까지도 그를, ●을 보고 있었다.
그리고 ●이 되어보려고 애를 쓰는 중이었다.

　그의 존재를 없는 듯이 하려고 하면 할수록 자꾸 눈에
잡혀드는 것도 못 할 노릇이었다. 그럴 바에야 외투를 둥
글게 말고 앉아 있는 그를 전적으로 이해해 보기로 한 것
이다. 그렇지 않으면 언제까지고 그가 ●인 채로 따라붙
어서 어느 날엔가는 내 발뒤꿈치를 상하게 할 것만 같았
다.

　웅크리고 있는 ● 속에서 내가 보인다고 여겨진 것은 그로부터 또 얼마가 지난 뒤였다. 급기야는 ●이 내가 된 것 같고, 내가 ●이 된 것 같기도 했다. 그동안 내가 지은 크고 작은 모든 죄들까지도 ● 속에 거울처럼 비쳐 부끄럽기까지 했다.

　그때였다.

불청객

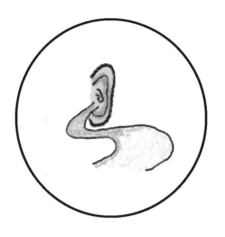

"들어줘. 내 얘기 좀 제발."

　세상에나, 처음으로 그가 한 말이었다. 애처롭고 쓸쓸한 그의 말이 내 안 깊은 곳에 와 닿았다. 폐부를 찌르듯 아픈 소리였다. 그 아픔이 너무 커서 그에게서 나온 소리였는지, 내 안에서 나온 소리였는지 분간이 가지 않았다. 무엇이 그토록 그로 하여금 간절한 소리를 내게 만들었는지 알 수 없었다.

　불청객

"나의 이야기는 나의 이야기이기도 하고, 너의 이야기
이기도, 우리의 이야기이기도 해."

　다시 한 번 그가 말했다. 그의 말은 아주 오랫동안 묵혀 있던 둥근 방울 안의 공명통에서 울려나오는 소리처럼 또 한 번 내게 파고들었다. 공간에 동그란 원음을 주는 소리. 모든 것을 화합시킬 수도 있고, 단결시키며, 통일시킬 수도 있는 지극한 마음의 소리였다.

불청객

　그 소리로 인해 그의 낡은 외투가 더욱 둥글게 말리면
서 그 자체가 하나의 커다란 방울이 된 것만 같았다. 금방
이라도 속에서 소리의 어린싹이 꼬물거리며 나올 것도 같
았다.

"무슨 말을 하고 싶은 거야?"
내가 물었다.

　"혼몽한 세월을 안개처럼 떠도는, 이 땅의 수많은 혼들
이 집으로 돌아갈 수 있는 노래야. 내 안을, 집 밖을 나가
기 위해 준비하는 이들을 위한 노래이기도 하지."

　마음의 소리란 저런 것인가. 그의 말은 굉장한 호소력을 지니고 있었다. 소리를 냄으로써 이루어진다고 믿는, 얼토당토않은 믿음과도 같은 것 말이다.

불청객

"노래?"

"노래."

　나는 그의 말에 흥미를 느꼈다. 해서 좀 더 그에게로 다가가기로 결심했다. 내가 그가 되어보려고 애쓰는 것과는 또 다른 차원의 문제였다. 내가 다가가도 그는 여전히 ●
모양을 풀지 않고 있었다.

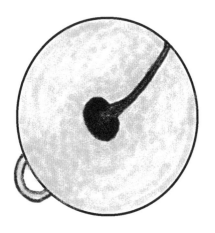

하지만 그가 '노래'라고 말할 때 그 어떤 소리들보다도 명징한 소리가 났다. 하늘의 중심축인 북극성을 돌며 운행하는 별들처럼 결코 어디에도 쏠림 없이 자기 안에 놓여 있고자 하는 소리. 어떤 치우침도 없이 자신이 자신의 가운데로 이르게 됨을 알리는 듯한, 그런 것이었다.

불청객

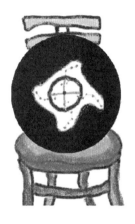

"노래가 뭐지?"

　나는 그와 더 얘기를 나누고 싶었다. 그러나 그는 더 말하고 싶지 않은지 ● 형태로 더 단단히 외투를 말아 움켜쥐었다. 그리고는 한참이 지나도록 그대로 있었다. 나는 별수 없이 그와의 얘기를 포기하고 돌아서야 했다. 그 순간, 다시 들려오는 소리가 있었다.

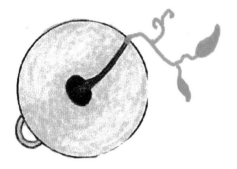

"율려(律呂)야."

나는 얼른 그를 돌아다보았다. 그는 아무 말도 하지 않
고 있었다는 듯 부동자세였다.

불청객

　"율려라고."

　오, 이런! 맙소사! 소리는 내 안에서 나오고 있었다. 어떻게 이럴 수가 있지? 내가 노래가 무엇인지 알고 있었단 말이야?

"방금 들었어? 내가 하는 소리 말이야."

"그래, 들었어."

"?"

불청객

　너무 신이 나서 나도 모르게 튀어나온 말에 그가 대답을 해왔다. 내 속에서 나온 말을 그가 듣다니, 갈수록 그의 존재가 더 크고 신비롭게 다가오는 기분이었다. 그래, 내가 다가가는 만큼 그도 내게로 가까이 몸을 기울이고 있는 것이다.

이때부터 나는 '소리'를 듣기 시작했다. 늘 들어왔던 소리들이었지만, 또 한 번도 들어보지 못한 소리이기도 했다. 바람이 공간을 지나면서 내는 온갖 자연음이 들렸고, 별이나 달이 지나가는 듯한 하늘에서 나는 소리도 들렸다. 형식화되고 제도화된 소리가 아닌 상황마다 각자의 방식으로 노래를 부르는 소리들이었다.

불청객

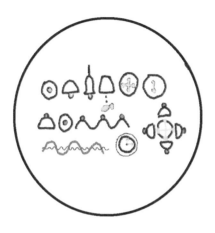

　그리고 무엇보다 ● 상태로 있는 그의 소리가 나는 좋
아지기 시작했다. 아무 말 않고 있어도 ●에게서는 소리
가 들렸다. 공기의 흐름을 막았다가, 그 막은 자리를 터뜨
리면서 내는 파열음이 없는 소리. 송아지가 어미를 부르
듯 간절한 마음의 소리이자, 있는 그대로의 천지자연의
소리였다.

나는 지구상에는 수없이 많은 음이 존재하고 있다는 것을 새롭게 알게 되었다. 그럴수록 나는 ●처럼 둥글게 말린 그의 소리에 귀를 기울였다.

불청객

하지만 그의 소리는 아주 작고 희미하여서 여간 집중을
하지 않으면 들리지 않았다. 잠시만 다른 생각을 해도 잡
힌 바 없이 멀어만 갔다.

더군다나 그는 빛깔도 없고, 잡을 수도 없으며, 온다 간다는 말은 더욱 없었다. 그저 ●인 채로 있을 뿐이었다. 끝도 시작도 없는, 근본과 같은 형상이라고 해야 하나.

불청객

하여 ●의 소리를 듣는다는 것은, 나의 내면에서 나오
는 소리에 귀를 기울이는 것과 같았다. 그만큼 정성이 깃
들고 고요하지 않으면 안 되는 것이었다.

　내가 그의 소리를 듣게 되면서 나는 그와 한 집에 살고
있음을 깨닫게 되었다. 정확히 말하면 내가 그를 긍정적
으로 인식하기 시작한 순간부터 같이 살게 되었다고 봐야
맞을 것이다.

불청객

그리고 우리는 작은 일이라도 서로 의견을 묻는 데까지 관계가 발전할 수 있었다. 치과에 갈 때나 시장을 보러 갈 때, 옷을 사거나 누군가를 만나러 갈 때도 그랬다. 의견을 묻지 않고 나가게 되면, 예전 같지 않게 나는 찧고 넘어지기도 해서 다리 여기저기에 멍이 들어 오곤 했다. 하여 그는 나에게, 나는 그에게 서로 배려하는 법을 알아가고 있었다.

　나는 그 배려를 통해 너라는, ●이라는, 혼돈이라는 존
재에 대해 서서히 눈을 떠가고 있었을까. 그리고 그동안
내가 얼마나 상대의 마음을, 나의 마음을 헤아리지 못하
고 살았는지 알게 되었다.

●은, 혹은 나는 다른 곳에 있는 게 아니라 서로를 발견
하고자 하는, 그 속에 있었다. 바로 우리의 마음속에.

4

또 다른 나

●의 소리를 따라 '없는 중심'에서 진짜 '중심'을 찾아가고 싶었다.

마음이 안에 고여 있다가 밖으로 나갔을 때 두 번 다시 나를 잃고 싶지 않았다.

그러던 어느 날이었다. 나는 그라고 하는 ● 속에 온전히 나만 있는 것이 아니라는 것을 알았다. 그 속에는 수없이 많은 '또 다른 나'가 존재하고 있었다.

불청객

　　그 또 다른 나는 그도 아니고 나도 아닌 채로 자주 내
마음을 흐트러뜨리기 위해 악마의 자식처럼 숨어 있었다.
밥을 먹을 때나 책을 읽을 때, 계절이 오고 감을 볼 때나
한 삶이 움직일 때 앉아 있곤 하는 내 의자에서 말이다.

"내 속에 네가 있어."

불청객

　악마의 자식은 그렇게 등장했다. 처음엔 그인 줄 알았
다. 그러나 평소 말이 없는 그에 비해 과장된 표현으로 나
를 자꾸 밖으로 불러내는 것이었다. 때로는 미움으로, 때
로는 화로, 그리고 때로는 원망이나 증오의 모습으로써.

75
또 다른 나

"나야, 나. 아직도 내가 누군지 모르겠어?"

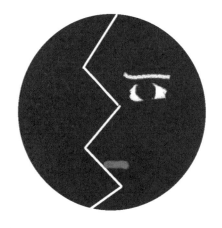

　녀석은 나를 분열시키는 데 온 힘을 쏟아붓는 것처럼
여겨졌다. 정말이지 필사적이었다! 내가 ●에게로 다가가
좀 더 완전한 하나가 되려 하면 할수록 줄곧 나 아닌 그
악마 녀석이 나의 속에 들어와 귀찮게 굴었다. 그럴 때 녀
석은 마치 나처럼, 나인 것처럼 여겨지기도 했다.

내 안에 '율려'라는 말이 살고 있었듯이, 어쩌면 저 녀
석도 내 마음속에 늘 함께하고 있었는지도 모를 일이다.

불청객

그때였다. 핸드폰 벨이 울렸다. 저장되어 있지 않은 번
호라 누구인지 알 수는 없었다.

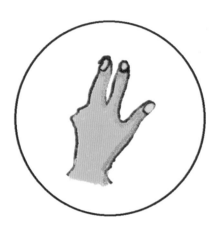

"여보세요?"

"나야."

목소리는 밝고 생동적이었지만, 목울대 깊숙이 말을 꾹 누르고 있었다.

"누구······?"

"나야, 나. 아직도 내가 누군지 모르겠어?"

또 다른 나

　순간 나는 심장이 쿵 하고 내려앉는 소리를 들었다. 통영에서 함께 일했던 재인이라는 것 때문만은 아니었다. 이를 닦을 때 욕실 거울에 튄 치약 방울을 닦지 않았다는 이유로, 신경 써주면 고마운 줄 알아야지 웬 짜증이냐는 이유로, 그리고 그 밖의 잡다한 이유들로 나를 몹시도 힘겹게 했던 재인이.

불청객

그런 그녀가 또 다른 나와 같은 모습으로 전화를 걸어
왔다는 것이 나를 몹시도 당황스럽게 했다. 내 고요함에
파문을 일으키고, 청아한 기운을 방해하면서 시시때때로
고개를 디밀고 나오는 빌어먹을 녀석처럼 말이다.

하여 녀석의 모습이 뚜렷해질수록 나는 ●만을 더 뚫어
져라 쳐다보아야 했다. 그리고는 노래를 불렀다. 그러면
녀석은 제가 먼저 노랫말을 지껄여대며 나를 어디 먼 데
로 데려가려고 했다. 녀석은 그만큼 영악했다. 참으로 신
경 쓰이는 녀석이 아닐 수 없었다.

불청객

때문에 마음의 흔들림 없이 더 집중하여 녀석에게 끌려
가지 않게 조심해야만 했다. 가만히 숨어 있다가 녀석이
언제 불쑥 튀어나와 또 나처럼 굴지 모를 일이었다.

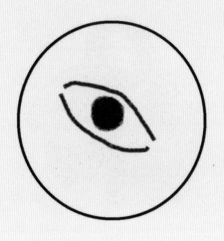

"넌 아직도 내가 너라고 생각하니?"

불청객

하지만 녀석도 나만큼이나 끈질겼다. 숨어 있다 나오고, 엎드려 있다 나오고, 긴 머리를 흩트리며 나오곤 했다. 내 속에서 나의 나인지, 나의 그인지 모를 목소리로 내 흉내를 내면서 꼭 나처럼 말을 걸어오기도 했다.

또 다른 나

　"목소리 들으니 도희 너, 여전하구나?"

　"그래, 재인이 너도."

　"후훗. 난 네가 아니야, 도희야. 넌 아직도 내가 너라고
생각하니?"

　"……!"

녀석이 꼭 수화기 저 건너로 가서 재인이 흉내를 내는
것만 같았다. 그것이 아니라면 어떻게 이 시점에, 그것도
녀석과 똑같은 말로 나를 뒤흔들어놓을 수 있단 말인가.

나는 서둘러 녀석을 따돌려놓아야만 했다. 그 방법으로
●의 소리에 집중하는 것밖에 달리 도리가 없었다. ●의
소리를 따라 '없는 중심'에서 진짜 '중심'을 찾아가고 싶었
다. 마음이 안에 고여 있다가 밖으로 나갔을 때 두 번 다
시 나를 잃고 싶지 않았다. 혹은 또 다른 나라고 하는 저
악마의 자식에게 끄달리지 않기 위해서 말이다.

불청객

5

노래

그들은 그렇게 옥구슬을 주고받으며 하나가 되어가.

그러면서 그 사이에서 음률이 생겨나는 거고, 노래는 바로 그런 거야.

또한 이것이 대화라는 것이지.

"미안하지만 조금만 더 나에게 집중해줄래?"

"?"

"일테면 네가 아주 없어질 때까지."

"……"

불청객

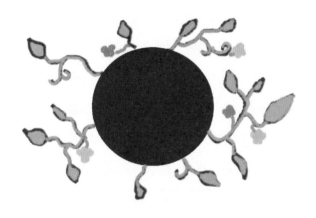

또 다른 나인지 악마의 자식인지로부터 어느 정도 자유
로워져 있을 때였다. 이번엔 그가 내게 요구를 해왔다.

　　"지금껏 내가 있어 본 적도 없었어. 집 밖을 오래 떠돌
았거든."
　　"그러니까 이번엔 나에게 온전히 너를 맡겨보는 거야.
물 위에 떠 있는 배처럼 말이야. 그러면 내가 네가 되어줄
게."

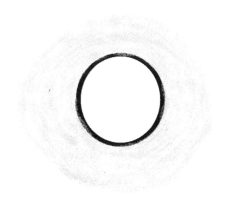

"그동안 내 안에는 나 말고 온갖 너들이 잔뜩 들어 있었
어. 그런데 너까지 내가 되어준다고?"

"그건 달라. '완전하지 않은 너'와 '완전한 너'는 분명 차이가 있어."

불청객

그는 지금까지와는 달리 제법 길게 말을 늘어놓았다.

역시나 내가 쉽게 알아들을 수 있는 얘기는 아니었다.

하지만 ●을 보면서 내게 생긴 큰 변화 중에 하나는 대
화였다. 특히 맥주 몇 캔을 놓고 숙제처럼 밀쳐 두었던 악
마의 자식과의 일을 풀 수 있었다는 건 실로 놀라운 일이
었다. 녀석을 정면으로 바라보면서 마음으로 글을 새겨
쓰듯 미안해, 라고 또박또박 말을 했다.

불청객

그랬더니 녀석이 되레 난처해하며 미안하다는 말을 남
기고는 슬그머니 자리를 떠버리는 것이다. 대화는 내가
너에게로 건너가는 또 하나의 통로였다.

다시 말해 우리는 지금까지는 할 수 없었던 '마음의 일'
을 하게 된 것인지도 모른다. 서로 통하지 않아 답답하기
만 했던 마음의 일 말이다.

불청객

"용서하는 마음도 오만이야."

그 순간 그가 말했다. 다른 사람을 원망하고 미워하는
마음도, 용서하려는 마음조차도 오만이라고.

　그리고는 내가 누군가를 용서하는 게 아니라 그들 스스로가 자신을 돌아볼 수 있도록 배려해줄 수 있어야 한다고 덧붙였다. 그때까지 다만 나는 흐트러진 내 마음을 추스르고 있으면 된다고 말이다.

불청객

대화를 하게 되면서 더욱 놀라운 일도 일어났다. ●을
내가 진심으로 사랑하게 된 것이다. 그가 둥글게 말고 있
는 낡은 외투도, 이따금 나를 향해 찡그리는 듯한 낯빛도,
그가 노래라고 부르는 마음까지도.

　"우리는 지금 옥구슬을 주고받으며 놀고 있어. 하늘과 땅처럼 말이야. 땅이 이슬을 만들어 하늘로 올려 보내주면 하늘은 안개나 비, 혹은 눈이나 우박으로 다시 땅으로 돌려 보내주지. 그들은 그렇게 옥구슬을 주고받으며 하나가 되어가. 그러면서 그 사이에서 음률이 생겨나는 거고. 노래는 바로 그런 거야. 또한 이것이 대화라는 것이지."

그가 말하는 동안 나는 또 한 번 그에게서 ○을 보았다. 그리고 ○은 빛으로도 보였다. 그때도 그는 그 자리에 그대로 미동도 않고 있었다. 낡은 외투를 말아 안고 둥글게 웅크리고 있는 ●인 채로.

6

거대한 틈

그때 ●은 진정한 나에게로 가는 길이자,

언제고 몸이 기억하는 곳으로 다시 찾아들 수 있는 노래였다.

신과 하나가 되기 위한 과정이며, 처음이며 끝이었다.

아주 오랜 시간을 나는 ●과 함께 있었다. 그가 했던 말 대로 물 위에 떠 있는 배처럼 나를 온전히 그에게 내맡긴 상태였다.

불청객

　그때 ●은 진정한 나에게로 가는 길이자, 언제고 몸이
기억하는 곳으로 다시 찾아들 수 있는 노래였다. 신과 하
나가 되기 위한 과정이며, 처음이며 끝이었다. 삶이고 죽
음이었다. 이 생에서 단 한 번이라도 깊이 들어가 보고 싶
었던 어둠이며 밝음이었다. 참 나를 만날 수 있었던, 시간
과 공간이 존재하지 않는 ●. 즉 근본 자체였다.

　물론 내 안에 너를 담는다는 것은, 애초에 내 안에서 나를 괴롭히던 또 다른 나에게로 가는 것과 같을 수도 있다. 어쩌면 너는 더 큰 또 다른 나이자, 악마의 자식일 수도 있다. 물론 그리고 다를 바가 아니었다.

불청객

하지만 ● 속에서 나는 '완전하지 않은 나'와 '완전한 나'에 대한 차이를 알아갈 수 있었다.

"왜 너는 의심하지 않는 거지?"

또 한 번은 이렇게 그가 물어왔다. 나는 당황했다. 단한 번도 생각해보지 않은 부분이었다. 그를 받아들이기로한 이상 무엇을 더 생각해야 한단 말인가?

"무엇을?"

그는 대꾸하지 않았다. 그리고는 ●인 채로 나를 물끄러미 건너다보았다. 그런 그의 얼굴은 약간은 굳어진 채로 있었다.

불청객

　"네 삶에 대해. 그리고 나에 대해. 혹은 나와 너에 대해."

　나는 잠시 어리둥절했다. 생각해보니 정말로 나는 그에
대해 아는 것이 없었다. 그가 누구인지, 어디서 왔는지,
그의 뿌리는 또 어디에서 기인한 건지 알 수가 없었다. 나
는 자못 심각한 표정을 지었을 것이다.

불청객

"떠올려 봐. 너는 아주 오래전부터 나를 알고 있었어."

언제나 그랬듯 이번에도 역시 그는 내가 이해하지 못하
는 얘기를 했다.

"내가 당신을 알고 있었다고?"

나는 반문했다. 그가 왜 다시 처음으로 돌아가 존재에
관한 얘기를 하는지 알 수 없었다. 그가 누구인지, 어디서
왔는지는 내게 전혀 중요하지 않았다.

중요한 것은 마음의 노래에 대해 알고 있는 그가 지금
내 앞에, 내 안에 있다는 것이다. 이만하면 서로에 대해
알 만큼 알게 되었다고도 생각되었다. 아니 충분히 하나
가 되었다고 여겼다.

"이제 와서 왜 내게 그런 걸 묻는 거지?"

내 질문에 그는 무슨 중대한 결심이라도 한 것 같은 표정을 지었다. 그 표정이 다소 거북하기도 했지만, 무한한 신뢰와 무게가 느껴졌다. 함부로 범접할 수 없는 연륜과 엄숙함마저 지니고 있었다.

불청객

"스스로 변화하는 이치를 알아야 하거든."

"변화?"

"꿈을 향해 가는 인간들의 고달픈 행군 속에 네가 있기 때문이야."

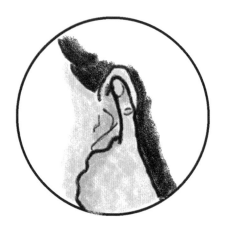

　여전히 나는 그의 말을 완벽하게 이해할 수는 없었으나 조금은 알 듯도 했다. 그리고 이번에는 그가 먼저 좀 더 길게 얘기를 끌어가고 싶어 함을 알아차릴 수 있었다. 나는 준비가 되어 있었다. 그의 말을 '들을' 마음의 준비.

불청객

　하지만 그는 내 생각과 달리 별말이 없었다. 나 또한 궁금한 게 많았지만, 더 물을 만한 의미를 찾지 못해 그만두기로 했다. 우리는 이제 하나가 되었기 때문에 어차피 시간이 가면 알게 될 터였다. 아는 데 걸리는 시간이 보다 짧아지기만을 바랄 뿐이었다.

7

선택

사실 모든 사람들이 자기 안에 귀를 대고 있으면 들을 수 있고, 볼 수 있는 것들이었다.

그 소리를 듣고, 볼 수 있는 '거대한 틈'을 우리는 이미 가지고 있기 때문이다.

　새끼손가락 한 마디만큼 해가 길어나고 있었다. 눈 녹는 소리가 심장 밖에서도 들렸지만 아직은 바람이 시렸고, 아침이면 서릿발이 솟아 땅거죽을 들어 올리고 있었다.

불청객

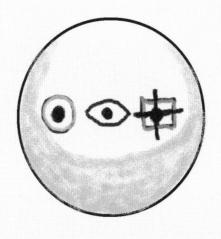

오전 시간이 다 지날 무렵 나는 커피를 끓여 그에게로 내밀었다. 그는 커피잔을 받아드는 대신 물끄러미 내 쪽을 건너다보았다.

또 다시 그가 O으로 보였다. 과거와 현재와 미래가 뭉뚱그려져 있는 시간이기도 하며 안이면서 밖인 존재, 있는 것 같으나 없는 존재로 그는 보였다. 맨 처음 그가 아무도 없는 빈집에 들어와 나보다 먼저 나를 보던 그때처럼.

불청객

나는 그가 뭔가 단단히 결심한 것이 있을 거라는 걸 직
감했다. 이제 우리는 서로를 아는 데 그 정도 시간이면 충
분했다.

"우리는 이제 나라고 하는, 즉 ●이라는 하나의 세계를 깨뜨리고 ● 밖의 세계로 나가기 위해 격변을 겪어야 해. 그러기 위해서는 대비가 필요하지."

불청객

　그의 말이 다시 나를 혼란하게 했다. 그리고 보니 그와
나는 꽤 오랫동안 ●인 상태로 있었다. 밥을 먹을 때나 책
을 읽을 때, 계절이 오고 감을 볼 때나 한 삶이 움직일 때
앉아 있곤 하는 내 의자에 앉아 ● 밖의 세계에 대한 아무
런 고민도 하지 않은 채로 말이다. 더군다나 그와 함께 세
상 속으로 나간다는 건, 생각도 못 해본 일이었다!

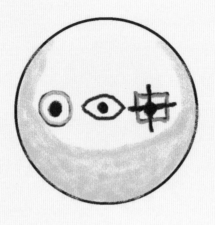

　하지만 이 막막함 안에는 언제나 새로운 시작을 위한 힘이 들어 있다는 것을 나는 또한 알고 있었다. 다만 혼돈 속에서 생겨나는 규칙성과 질서를 잘 찾아가기만 하면 되었다. 미시적으로 흐트러져 있는 부분과, 부분의 행동과, 생각들 속에서 말이다. 나와 그가 하나가 되어서 나가게 될 새로운 시작에 대해서도 마찬가지였다. 하지만 나는 두려웠다.

"난 그냥 당신과 함께 여기 머물래."

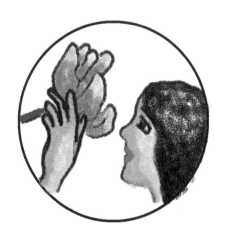

　나는 너에게로 이르는 길에서 패배자가 되어 돌아온 나 자신을 돌아보았다. 너들의 세계 안에서 나를 잃고 우왕 좌왕 헤매었던 일도 떠올렸다. 평창에서, 영동에서, 서산 에서, 통영과 경주, 그리고 전주에서. 꽃이 피는 것도, 연 둣빛 싹이 돋는 것도, 시냇물이 흘러가는 것도, 계절이 바 뀌는 것도 모른 채 떠돌았던 그 험한 시간이 아직 내 뇌리 속에는 앙금처럼 남아 있었다.

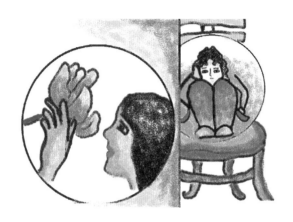

"선택은 너의 몫이야. 네가 무슨 선택을 하든 나는 너와
함께 그 몫을 살 거야."

이제 나가면 그동안 내가 알지 못한 더 많은 일들이 기다리고 있을 터였다. 삶과 죽음, 늙고 병듦은 물론이거니와 지난번보다 더 큰 생의 몫이 지금 이 방의 문밖에는 기다리고 있는 것이다.

불청객

그는 그것을 직시시켜주고자 다양한 방법을 동원해 내게 끊임없이 '보여주고', '들려주고' 있었다. 굳이 그의 입이 아니더라도 내가 알아들을 수 있도록 귀와 눈을 사방에 열어둠으로 해서.

　사실 모든 사람들이 자기 안에 귀를 대고 있으면 들을
수 있고, 볼 수 있는 것들이었다. 그 소리를 듣고, 볼 수
있는 '거대한 틈'을 우리는 이미 가지고 있기 때문이다.
겨우내 보지 않으려 하고, 듣지 않으려 했던 것들로부터
이제 나는 다시 깨어나야 했다.

불청객

8

계우(鷄宇)

"여기서부터 우리의 삶은 다시 시작되는 거야."

목련 봉오리가 봄빛을 향해 새 부리마냥 쩌억 입을 벌릴 즈음이었다. 이제 그는 완전히 ○이 되어 있었다. 무엇이 그를 변하게 했는지 알 수는 없었다. 사실 애초부터 그는 빛이었는지도 모른다. 다만 내가 그를 존재, 카오스, 혹은 혼돈이라고 생각했기 때문에 그는 ●인 채로 있어야만 했는지도.

불청객

"그렇다고 커튼까지 뜯어낼 필요는 없잖아?"

집 구석구석을 정리하면서 오래된 커튼을 떼어내려 하자 그가 말했다. 참 사소한 참견이었으나 그것이 더 친근감이 들어 좋았다.

　　나는 내 모든 묵은 질서에서 깨어나 새로운 세계로 나
가기 위한 적응 능력을 기르지 않으면 안 되었다. 그렇기
때문에 집을 정리하면서라도 그가 입고 있던 낡은 외투와
같은 ●의 껍질을 온 힘을 다해 파괴할 필요가 있었다.

불청객

　물론 걱정하지는 않았다. 그의 말대로 모든 생명은 환
경 변화에 따라 스스로 주위 환경을 능동적으로 적응해갈
수 있는 능력을 갖추고 있기 때문이다. 나는 나를 믿어보
기로 했다.

　하나 남은 커튼을 마저 떼어냈을 때 또 핸드폰이 울렸다. 재인이었다.

　"도희야, 너 혹시 통영에 있는 문화연구소에서 다시 일해볼 생각 없니? 나는 그 방면에 소질이 없어 그만두었지만 네가 좀 잘했니? 다들 너만 찾는다던데."

그런데 생각했던 것보다 ○은 단순한 것 같으면서도 무척이나 다양하고 복잡하게 얼크러져 있었다. ●을 안고 있기 때문이다. 옥구슬을 주고받으며 놀고 있는 하늘과 땅 사이에, 혹은 그와 나, 또 다른 나와 나 사이에 우리가 상상할 수 없는 수많은 일들이 일어나고 있는 것처럼.

　어찌 보면 ●에서 나간다는 것은, 닮아 있지만 또 조금 씩은 다른, 나 아닌 수많은 다른 나가 되어야 한다는 것일 지도 모른다. 나이기도 하고 그이기도 하며, 악마의 자식 이기도 한 또 다른 나들.

불청객

　　물론 다른 나에게까지 가는 여정이 결코 녹록지만은 않
을 것이다. 또 깨지고, 부딪히고, 할퀴어지겠지. 그래도
나는 걱정하지 않기로 했다.

"나를 잊으면 안 돼."

　그쯤 해서 그가 말했다. 둥글게 말려 있던 그의 낡은 외투가 펄럭, 움직이는 것을 보았다. 그리고 마침내 그가 일어선 것이다. 밥을 먹을 때나 책을 읽을 때, 계절이 오고감을 볼 때나 한 삶이 움직일 때 앉아 있곤 하는 내 작은 의자에서.

"나에게서 나가도 우리는 결국 ●이야. 하지만 언제나
○과 함께 있다는 걸 잊지 않았으면 좋겠어."

불청객

　순간 그의 영성이 한없이 깊은 곳에, 한없이 신비한 곳에 담겨져 있음이 느껴졌다. 그는 인과도 놓아지고, 습도 녹아진, 있는 그대로의 빛과 같았다.

"너 또한 힘들고 지치면 항상 마음을 열어놓도록 해. 온
우주가 너를 기꺼이 도울 수 있도록."

불청객

　그러니까 그는 지금, 내게 작별을 고하고 있는 것이었다. 그와 나의 작별이 아니라, 나와 나의 작별이었다. 그리고 나는 또 한 번 용기를 내어 나를 두고 너들 속으로, 세상 속으로 들어가 보기로 했다.

　적어도 살아 있는 동안만큼은 우리가 삶이라고 부르는 것에 도전해보기로 한 것이다. 늙고, 병들고, 싸우고, 후회할 수 있는 그 모든 것들에.

　실패한다 한들 무엇이 문제겠는가. 다시 나에게로 돌
아가겠노라고, 결심만 하면 되는 것을. 그러면 그곳이 어
디든 간에 낡은 외투를 말고 앉아 있는 ●이 놓여 있을 테
니.

"이름이 뭐야?"

처음으로 그의 이름을 물어봤다. 막상 물어보고 나니, 지금까지 그의 이름을 물을 엄두를 내지 못했다는 게 신기하게 여겨질 정도였다.

불청객

"계우야. 닭 계(鷄), 우주 우(宇), 계우(鷄宇)."

그의 이름을 듣는 순간 나는 심장이 두 쪽으로 쪼개지는 것 같은 통증을 느꼈다. 그리고 시간의 어느 한 단면이 뇌리를 스쳐 지나갔다.

불청객

맙소사! 왜 이제야 깨달았을까. 나는 이미 오래전부터 그의 이름을 알고 있었다! 단지 내 안을, 집 밖을 나가게 되면서 수많은 너들 속에서, 너들의 세계 속에서 놓쳐버리게 되었을 뿐.

어디에 있어도 삶이 되지 못한 채 떠돌았던 세월을 나는 떠올렸다. 나를 잃어버린 채 정말이지 꿈같은 한 세상을 헛되이 보냈던 시간이었다.

　오래전 그는 내게 '별'이었으며, '우주'였던 적이 있었다. 또한 '눈'이었던 적이 있었다. 하지만 나는 정작 그의 진짜 이름을 단 한 번도 불러보지 못했다. 그 누구에게도 그 이름을 말해보지 못한 채 십 년이 지난 것이다. 내가 나를 떠나 있는 동안, 내 안에서 나를 보고 있었을, 정신의 이름을.

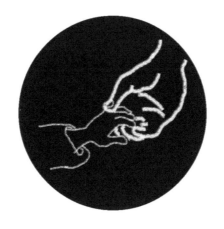

"잊지 않을게. 이번엔 절대로."

　스스로 우러나와서 마음을 같이하고, 오고 가는 사이 없이 오고 가는 두터운 한마음이 잠시 그와 나 사이를 통과해갔다. 놓고 믿는 중에 하나로 돌아가고 있었다. 시공이 없는 나의 본래 자리로.

그 순간 아주 잠깐 그의 노랫소리가 들렸을까. 혼몽한 세월을 안개처럼 떠도는, 이 땅의 수많은 혼들이 집으로 돌아가는 소리와 함께. 내 안을, 집 밖을 나가기 위해 준비하는 이들을 위한 노래이기도 했다. 그것은 낮지만, 온 우주가 깨어나기라도 할 듯 큰 소리였다.

불청객

"여기서부터 우리의 삶은 다시 시작되는 거야."

불청객

초판 1쇄 인쇄 · 2019년 12월 23일
초판 1쇄 발행 · 2019년 12월 27일

지은이 · 김형미
펴낸이 · 한봉숙
펴낸곳 · 푸른사상사

주간 · 맹문재 | 편집 · 지순이 | 교정 · 김수란
등록 · 1999년 7월 8일 제2−2876호
주소 · 경기도 파주시 회동길(서패동) 337−16
대표전화 · 031) 955−9111(2) | 팩시밀리 · 031) 955−9114
이메일 · prun21c@hanmail.net
홈페이지 · http://www.prun21c.com

ⓒ 김형미, 2019

ISBN 979−11−308−1499−5   03810

값 14,500원

불청객

김형미 그림 소설